C000093701

Derechos de autor © 2020 Herpers Publishing International
Internet: herperspublishing.com
Autor: Valerie Nilon / valerienilon.de
Diseño de portada: Patrizio Kroyani / kroyani.com
Licencia de foto: Mayer George / shutterstock.com

Presentado por la revista MansIn
Internet: MansIn.club

VALERIE NILON

La
Au Pair
Chica

Novela Erótica

La Familia

El primer día en mi familia anfitriona es completamente diferente de lo que pensaba. El niño, Nathalie, de dos años, es muy amable, su madre, Kathi, es apenas mayor que yo y muy bonita, y el hombre de familia tiene más de treinta años y también es muy agradable y atractivo. Las familias en las que mis amigos trabajaban como au pair no coincidían en absoluto con esta imagen. Los padres eran en su mayoría gordos y los niños desagradables.

Soy Sandrine, tengo 18 años y vengo de la hermosa Burdeos en el oeste de Francia. De dónde viene el buen vino, siempre digo cuando me preguntan de dónde vengo. La gente allí es amigable, de mente abierta, pero a veces también de pueblo y conservadora. Sin embargo, en mi escuela secundaria, es habitual que una niña vaya a Alemania como au pair antes de comenzar su carrera. No sé por qué

Alemania en particular. Tal vez porque a la gente le gusta que la vean allí como una joven francesa o porque las familias alemanas tienen más dinero. Después de todo, necesitan una casa grande para poder obtener un au pair. Al menos una habitación separada para la privacidad de la ayuda familiar debe estar disponible. Incluso si es solo una habitación en el sótano. Pero tengo mucha suerte. Incluso tengo una habitación con balcón privado que da al hermoso y amplio jardín.

Justo en la gran terraza de madera, me siento con los padres en una copa de vino la primera noche. El clima es genial. Todos me decían que siempre había mal tiempo, especialmente en el norte de Alemania. Por el momento son treinta grados. Es verano y el sol se está poniendo.

Nos reimos mucho.

El pequeño lleva mucho tiempo en la cama.

Es la primera vez que nos conocemos.

Aprovechamos la oportunidad para echar un vistazo más de cerca.

Mis ojos se demoran mucho en el vestido de Kathi. Tiene un patrón de flores rojas de verano, un escote profundo y una abertura alta en la pierna.

Ella es una mujer muy bonita y rubia. Sus largas piernas desnudas están cruzadas y apenas cubiertas por la tela.

A su esposo obviamente le gusta estar con dos mujeres. Sus ojos vagan una y otra vez por mis senos y especialmente por mis jeans.

»Lástima que no uses falda, Sandrine«, dice con una sonrisa maliciosa. Su esposa lo empuja: »Oye, déjalo. Ella puede ponerse lo que quiera! Tus jeans también son sexys.«

»Sí, ella tiene una gran figura. Más triste que no muestre sus hermosas piernas como tú, cariño.«

»Bueno, mis piernas probablemente ya no sean suficientes para ti, ¿verdad?«, Responde ella algo bruscamente y tira de su falda aún más alto para mostrarle sus piernas. Puedo ver sus bragas blancas.

Ella me sonríe ampliamente y me guiña un ojo.

»Si quieres algo de él, solo muestra tus piernas. Él está totalmente metido en eso. Así es como lo arañé también. Se destaca particularmente cuando usas vestidos cortos o largos con aberturas altas. ¿No es así, cariño?«

»¡Sí, me conoces muy bien! Sobre todo estoy con las piernas en bonitas medias negras.«

»Sí, lo sé. Pero desafortunadamente tengo alergia al nylon. Después de casi diez minutos, me empiezan a picar las piernas. Es suficiente para un rapidito«, se ríe y lo tira a un lado.

Creo que es bueno que los dos se lleven tan bien. Porque he escuchado historias donde era muy diferente. Hubo una constante disputa entre las personas. Esto fue tan lejos que el esposo se besó con la au pair. Al principio solo con las manos.

Más tarde, sin embargo, también con violación. Estas son las ideas de horror que hicieron que mi decisión sobre este trabajo fuera un poco más difícil. Pero ahora todo parece ser perfecto. Sin discusión, sin celos, sin padre agresivo. Simplemente genial.

La besa, pero luego se vuelve hacia mí: »¿Tienes una alergia como esta?«

»No que yo sepa. Pero nunca uso medias.«

»Qué lástima.«

Hm, eso fue un poco extraño. Quizás siempre tengas conflictos eróticos con tu padre. Creo que cada hombre alemán quiere en secreto una joven y bonita ama de llaves de Francia. Nuestro entrenador mencionó algo como esto: »Si usted es acosado sexualmente, trate de salir de la aventura al no decirle a la esposa al respecto y al dejarle claro que no acepta este comportamiento. Intenta organizar todo de una manera encantadora. Y no golpees de inmediato si una mano cae sobre tu trasero. Muéstralos a un lado con una mano.«

Las chicas solo nos reímos de eso. Pero ahora ya sospecho algo así en el tema de piernas y pantimedias. No sé si es normal que me pregunten sobre la ropa.

Pero no quiero interrumpir la conversación y agregar con encanto: »Si me das una, me encantaría ponerla. Son muy caros.«

Vaya, ¿qué dije? Quizás eso fue demasiado encantador.

»Bueno, mi esposo estaría feliz«, responde ella en su lugar y sonríe, »Me gustaría permitirle tener una chica en la casa que le muestre las piernas en nylon.«

Sonrío un poco con timidez. De alguna manera siento que a Kathi no le importa que su esposo me pegue.

»Mi esposa es genial, ¿verdad? A ella no le importa si voy a bares de striptease. ¡Creo que es muy lindo!«

»Sí«, respondo, »definitivamente esa no es la regla. Pero creo que es bueno. Mi madre siempre le dice a mi padre: Tener apetito es bueno, pero la gente come en casa.«

Reimos.

»Es lo mismo, Sandrine. Entonces, Lars, ya sabes: ¡mirar a Sandrine está bien, pero nada más!«

Él asiente y nos reímos de nuevo.

Uf, entonces todo se solucionó. Estoy feliz porque no iba a tener nada con el hombre de familia.

Estoy más interesado en los atractivos estudiantes de la ciudad. Se dice que los hombres en Hamburgo son particularmente altos y guapos.

CONVERSACIONES
ÍNTIMAS

La primera mañana en mi nuevo »hogar« comienza con una sorpresa. En la mesa del desayuno hay un paquete completo de medias negras para mí. Kathi me lo puso. »Buenos días, Sandrine. Escogí tus pantimedias. Todos son nuevos. No puedo usarlo. Si se los pone por la noche cuando se va, seguramente se divertirá mucho con los jóvenes. Están en ello.«

»Si, gracias. Sé que te hacen sexy. Son demasiado caros para mí.«

»Tanto mejor que a mi marido no le importe que te los dé. Tal vez también eres muy amable y te los pones durante el día durante el fin de semana para que Lars también reciba algo de eso. Y a mí también, por supuesto, porque cuando ve a una chica en pantimedias se calienta de inmediato.«

Yo sonrío. »Por supuesto, me gusta hacer eso«.

»¿Tienes vestidos cortos? De lo contrario, puedo echarme un vistazo si tengo algo para ti. Solía tener tu figura. ¿Tienes 34?«

»¡Oh, lala, todavía eres muy delgada!«

»Bueno, 34 es demasiado pequeño para mí ahora que di a luz a Nathalie. Pero tienes razón: puedo estar muy feliz con mi figura. Pero también hago aeróbicos tres veces por semana.«

»Genial, me gusta hacer eso también«.

»¿Si? Desafortunadamente no podemos ir juntos porque uno de nosotros tiene que cuidar a Nathalie. Pero tal vez Lars te lleve al gimnasio. Él está allí tres veces a la semana. Entonces puedo quedarme en casa por la noche.«

»Eso sería genial, gracias.«

»¿Entonces tienes vestidos?«

»No, solo tengo uno largo. Usualmente solo uso jeans.«

»Y con tus piernas. Es realmente una pena ir solo con jeans. Mi esposo tiene toda la razón. Creo que iremos y echaremos un vistazo en mi armario. Antes de casarme, siempre caminaba con minivestidos. Todos todavía están pasando el rato allí.«

»Sí gustosamente. Mirar la ropa es una de mis actividades favoritas. Especialmente si no quieres que cuesten nada.«

Kathi se ríe y me saluda para seguirla escaleras arriba.

En su habitación hay una gran cama con dosel con un voladizo blanco y transparente que se extiende hasta el suelo. Se ve muy bien, pero también sirve como repelente de mosquitos. Una gran pantalla de plasma cuelga en la pared opuesta a la cama. Obviamente, a los dos les encanta acostarse en la cama y mirar películas. Al pasar, noto una caja de DVD. El título de la película es »Piernas de nylon y pollas duras«.

Vaya, una película porno. Finjo que no me di cuenta. A Kathi no le importa y abre la puerta de al lado. O se perdió el video o no le importa si sé que los dos están viendo porno juntos. Quién sabe qué esperar en las próximas noches. Mientras tanto, creo que mis padres anfitriones tienen una vida sexual muy activa.

Por qué no.

Creo que tengo que asegurarme de divertirme un poco aquí en mi próxima noche libre.

Su gran vestidor está escondido detrás de la puerta. Solo gabinetes con espejo en todas las paredes. Excelente.

Abre la puerta corredera a un lado: definitivamente hay treinta vestidos cortos colgando allí.

»Entonces, Sandrine, Nathalie seguramente dormirá una hora más. Entonces ahora tenemos tiempo para elegir algo de ropa y tener un pequeño desfile de moda.«

»Oh si. Con placer. ¿Debo cambiar aquí?«

»Sí, para eso es esta habitación. Lo mejor que puede hacer es ponerse pantimedias negras y veremos si encaja«.

Abre un paquete de pantimedias y me entrega un muy caro Wolford Fatal 15 en negro. Considero brevemente si debo desvestirme frente a ella, pero rápidamente lo decido porque nunca he tenido problemas para desvestirme frente a las mujeres. Eso es bastante normal. Ciertamente no lo haría frente a su esposo. Me quito los pantalones después de quitarme los zapatos y la blusa. Como rara vez uso sostenes, ahora solo me paro frente a ella con una cuerda blanca. Ella me mira de arriba abajo.

Ella sonríe. »Tienes un cuerpo increíble. Tus senos son más grandes de lo que esperaba. Y eso con tu cuerpo pequeño y delgado. Giro de vuelta. Tu trasero es fantástico.«

»Gracias«, digo felizmente, y estoy a punto de ponerme las medias. Pero ella me detiene brevemente.

»Sin embargo, no puedes poner bragas blancas debajo de medias negras. Si es así, solo uno negro. Pero no me pondría nada debajo. Es más práctico cuando conoces a un hombre. Es como no tener bragas debajo de la falda, pero todavía estás vestido. Vamos, pruébalo.«

La miro sorprendida: »¿Debería quitarme las bragas?«

»Si. Estamos con chicas.«

»Está bien.« No pienso en nada y me bajo las bragas. En el espejo veo mi vello púbico, que casi nunca me afeito.

»Sandrine, lamento preguntarte, pero ¿nunca te afeitas entre las piernas?«

Sacudo la cabeza

»Definitivamente deberías hacer eso. ¿Todavía no se han quejado tus amigos?«

»No. No creo que eso sea común en Francia. ¿Todas las mujeres alemanas hacen eso?«

»Si. No todas, pero todas las mujeres que tienen estilo y etiqueta. Solo te lo puedo recomendar. En su primera cita, esto puede ser crucial. Los muchachos de Hamburgo están mimados.«

Me veo un poco desesperado: »¿Pero

cómo hago eso? Mi depiladora duele como el infierno.«

»Sí, mejor tome la navaja desechable en la ducha. Con un poco de práctica, es fácil.«

Empiezo a levantarme las pantimedias y me miro en el espejo.

»Tienes razón, el cabello no se ve bien«.

»Te ves genial. Lars estaría encantado de verte así. Pero él no puede hacer eso, así que escojamos algo de ropa bonita para detener.«

Cuando se prueba la ropa, ella siempre me toca con las manos en la cintura.

Se arrodilla frente a mí y juega en el dobladillo de mi falda. Una y otra vez me toca las piernas.

De alguna manera siento que es emocionante acariciar la tela de nylon en mi piel.

Tal vez porque ella no puede usarlo ella misma.

Estoy un poco confundido cuando noto que me estoy mojando entre las piernas.

Me gusta ponerme y quitarme la ropa delante de ella. Y sus toques son muy tiernos.

»Me encantaría usar pantimedias también. Es una pena que tenga esta estúpida alergia. Cuando veo cuán sexy te ves en él, puedo entender a Lars que lo ama de esa manera. Quizás puedas hacerme un favor y siempre caminar con nosotros en pantimedias. Creo que a Lars le gustará mucho y puedo saborear su emoción con más frecuencia. Está en su oficina casi todos los días. Y sospecho que es porque sus empleados siempre usan faldas. Tal vez vuelva a casa antes por ti en el futuro.«

Mientras dice eso, tiene su mano casi por completo debajo de mi falda.

Cuando dudo, ella rápidamente lo tira hacia atrás. Ella sonríe tímidamente: »Disculpe, por favor«.

»No hay problema«, respondo suavemente. De hecho, tenía su mano entre mis piernas. Me alegra que no haya llegado a mis labios, porque entonces se habría dado cuenta de lo mojado que estuve allí.

Estoy bastante avergonzado Ninguna mujer me ha tocado así. No sabía que sería tan bueno.

El acuerdo de nylon

»Si quieres, te pagaré 50 euros más al mes para que siempre puedas ponerte los vestidos. ¿O no es suficiente? Tal vez la mirada de mi esposo te molesta demasiado. También puedo darte 100 euros más.«

Wow, creo, 100 euros más, solo si me pongo medias. Genial.

»Gracias, me quedo con los 100.«

»Pero entonces por favor no te quejes cuando Lars se ponga un poco más intrusivo, ¿de acuerdo?«

»Bueno, no tengo miedo. ¿Quieres decir que me puede tocar?«

»Sí, pero solo tócalo, nada más. No es que tenga pensamientos estúpidos.«

Reimos. Estoy asombrado de mi libre movimiento. Probablemente sea porque estoy extremadamente emocionado.

Ojalá no me arrepienta del acuerdo.

En ese momento escuchamos a Nathalie gritar.

Ella se despertó. Me apresuro hacia ella con un vestido corto de flores rojo oscuro y medias negras. Nunca imaginé que experimentaría algo así en mi nuevo trabajo.

Incluso mientras estoy cuidando a Nathalie, mi madre anfitriona me da un billete de 500 euros: »Aquí, algo por adelantado.« Estoy tan feliz de darle un beso en la mejilla. Ella es feliz y también me da un beso en la mejilla. Ella toca mis nalgas y susurra:

»Lars estará encantado. Te ves tan sexy.«

»Gracias«, respondo, y le doy otro beso en la mejilla. Luego me toma en sus brazos y me acaricia maternalmente:«Eres una gran chica, nos divertiremos mucho el año que viene«.

»Eso sería genial«, respondo.

»Pero ahora tenemos que cuidar a Nathalie primero«, Kathi concluye nuestra conversación bastante erótica.

Aunque he estado caminando por la casa con una falda corta durante tres días, Lars nunca ha tenido el placer de verme allí. Porque no regresó de la oficina hasta que me quedé dormida. Sin embargo, Kathi se divierte tanto mirándome. Ella me colmó de cumplidos. Cuando estamos en una habitación, ella no deja de tocarme de ninguna manera. Tengo que admitir que vivir con ella es muy erótico para mí. Me doy cuenta de que ella se muestra cada vez más desnuda delante de mí en el baño. También es muy delgada y tiene solo un poco menos de pecho que yo.

Por primera vez esta mañana solo viene a desayunar en una bata de seda.

Como todas las mañanas, Lars está fuera de la casa antes que nosotros. Tiene un largo camino al centro de su oficina.

Casi casualmente, ella me pregunta:

»¿Ya te has afeitado el vello púbico?«

Me río porque la intimidad me sorprende: »Sí, lo hice esa misma noche cuando me lo dijiste«.

»Ah, ¿y te gusta?«

»Sí, se ve mejor que el cabello. Ahora me veo como una niña pequeña.«

Reimos.

»A los hombres les gusta«, agrega, pero secretamente pienso que a algunas mujeres también les gusta.

»¿Me mostrarás?«

Desde esa pregunta, sé que pronto sucederá más entre ella y yo. Porque noto entre mis piernas que solo esta pregunta y la idea de levantar mi falda para mostrarle mi coño afeitado es suficiente para mojarme completamente allí.

Levanto mi falda y le muestro lo que quiere ver. Ella me mira tímidamente.

»Estás todo mojado«.

Asiento y bajo mi falda de nuevo.

Bajo los ojos porque estoy muy avergonzada de ella.

Ella obviamente está sin palabras. Los

segundos de silencio nos parecen horas. Entonces rompo el silencio y nos lleva a otro tema.

»¿Cuándo volverá Lars a casa antes? En realidad me visto tan sexy para él.«

Pero esa fue probablemente la pregunta equivocada.

De repente, Kathi está molesta: »¿Estás tan mojada entre las piernas porque estás esperando a mi marido?«

Oh querido, ahora la conversación va en la dirección equivocada. No sé cómo salir de allí.

»No, estoy mojado, es cierto, pero debido al nylon que me frota el clítoris«.

Ui, pensé en algo bueno. Muy creíble Porque Kathi suspira con alivio: »Muy bien. Deberías ponerlo caliente, pero no te equivoques. El es mi esposo. Sé que es genial. Es gentil, empático, inteligente y casi siempre rígido si sabes a lo que me refiero«.

Reimos. Asiento con la cabeza. Lo mejor de todo es que no le estoy diciendo

que ella y su solicitud de levantarme la falda me excitaron más que cualquier otra situación. Nunca hubiera esperado que una mujer me lo pidiera y que desarrollara tales emociones.

»Esta noche te dejaré solo con Lars. Tengo una cita con un amigo. Confío en que no te acercarás demasiado a él. Como dije: tócalo, pero sin sexo.«

Ella me mira atentamente. Sonrío y le aseguro que haré todo lo posible para complacerlo. Puede tocarme pero no besarme. A ella le gusta mi sugerencia. Se supone que debo ponerlo realmente caliente. Cuando llegue a casa, se hará cargo de mí y se acostará con él para que pueda descargar su emoción en el lugar correcto. A medida que lo resolvemos, me pongo más afilado que nunca. Si no tuviera medias puestas, dejaría un charco en la silla de la cocina.

EL HOMBRE DE FAMILIA

De hecho: Lars llega a casa más temprano por primera vez. Su esposa ya se fue. Son las siete de la tarde y acabo de acostar a su hija. Él inmediatamente viene a nuestra habitación y me ve sentado en la cama junto a ella. Me siento con las piernas cruzadas con un libro frente a mí y le leo para dormir. Cuando lo veo, señalo con un dedo delante de mis labios que el pequeño está a punto de quedarse dormido. Él entiende y se sienta en silencio en la silla de un niño frente a la cama. Leo y siento sus ojos en mis piernas. Sé que solo el libro bloquea su visión de mi entrepierna. Con las piernas cruzadas, mi falda se ha deslizado muy alto y tiene una vista clara de mis piernas y pies delgados envueltos en nylon negro. Disfruto su aspecto y noto muy bien que lo pone cachondo. Cuando termina la historia, tomo el libro y miro hacia otro lado, avergonzado. Porque lo dejé mirar mi pubis afeitado debajo de mis pantimedias durante unos segundos. Aunque no dice nada, noto que le quita el aliento.

Luego me levanto y salgo de la habitación.

Lars le da otro beso a su hija y me sigue. Una vez que cerramos la puerta, ya no puede contenerse con cumplidos: »Sandrine, te ves genial. Qué medias tan bonitas. Gracias por ponerte uno. Me haces muy feliz con eso. Tu vestido también es un sueño. Me gustaría aumentar su dinero de bolsillo si pudiera masajearlo en las piernas.«

Es sorprendente para mi. Nunca esperé que estuviera tan caliente.

»No sé si a tu esposa le gustaría que me tocases las piernas«.

»Es verdad. No deberías averiguarlo.«

Yo sonrío por dentro. Si supiera que podría tocarme. Estoy a punto de cobrar dos veces, pero rechazo la idea porque no creo que sea justo para Kathi.

Le guiño un ojo y le digo: »¿No preferirías algo de comer? Lo prepararía para ti. Estoy seguro de que tienes hambre.«

»Sí, esa también es una buena idea. Eso estaría bien.«

Vamos a la cocina, él se sienta en una silla de cocina y me mira en el trabajo. Se sienta con las piernas anchas delante de mí y tengo una vista clara de sus pantalones. Me refiero a ver un cierto endurecimiento en él. No dejo que me distraiga y lo convierta en su plato favorito: papas fritas con huevo frito. Su esposa me lo había contado.

Durante la preparación, siempre me llenaba de cumplidos: lo hermosas que eran mis nalgas, lo largas que eran mis piernas, qué hermosas pantorrillas tenía, qué tan bien se veían mis pantimedias y que el vestido no podía cortarse mejor. En resumen: me quiere a mí. Solo hay una cosa que no parece atreverse a hacer:

tocarme sin preguntarme. No se acerca a mí y nos sentamos juntos toda la noche sin que una mano toque mi cuerpo. Sin embargo, lo pongo realmente caliente, como se discutió en secreto con su esposa, porque mi falda se desliza todo el tiempo mientras estoy sentado. Sus ojos parpadean rápida y casualmente entre mis piernas. Pero no hace más esfuerzos para llevarme a la cama. Sin embargo, como puedo ver claramente su pene rígido debajo de los pantalones ligeros, me resulta cada vez más difícil no dar el siguiente paso. Porque la situación es muy erótica.

Brilla mucho.

La tensión está en el aire.

¿Lo hacemos o no?

¿Me tocará o daré el primer paso?

El tema surge una y otra vez sobre el masaje. Él hace todo para ponerme las manos encima. Pero lo logro y dudo hasta que Kathi regresa.

Cuando entra en la sala de estar, inmediatamente ve lo caliente que se ha puesto.

»Bueno, te sientas bien aparte. Muy bien. ¿Sandrine te calentó con su vestido y medias?«

»Y cómo, cariño. Qué bueno que vienes. Tengo mucho que contarte. Vamos a la cama.«

Todos se están riendo.

Los dos se apresuran a su habitación. Me ducho y también me acuesto.

Y viene como tenía que venir. El gemido de al lado no me deja dormir.

Suena tan fuerte como si hubieran dejado la puerta del dormitorio al balcón. Tu habitación está justo al lado de la mía y estoy tan emocionado que me gustaría echarles un vistazo.

Al principio solo me recuesto en la cama con mis medias y froto una mano entre mis piernas. Pero entonces no puedo soportarlo más. Abro la puerta del balcón y salgo en silencio para ver su habitación iluminada.

Ella yace frente a él y le lame la gran polla. Tengo una visión clara de todo. Las cortinas no están corridas.

No puedo contenerme y masturbarme con una mano debajo del nylon. Puse dos dedos en mi coño mojado y froto mi pulgar firmemente alrededor de mi clítoris.

Ahora él está acostado boca arriba y ella cabalga sobre su pene. Lo veo entrar y salir. Está completamente afeitada tanto en la vagina como en las nalgas. Se ve muy bien. También se afeita las nalgas y los testículos. Nunca he visto eso antes. Antes de que él descargue su esperma en ella, vengo y tiemblo todo mi cuerpo. Cuando la escucho gritar orgásmica, me retiro en silencio, me acuesto en mi cama y me quedo dormida.

Por la noche sueño con el sexo con Lars.

La reunión de Au Pair

Todos los meses, todas las au pair de nuestra organización se reúnen en Hamburgo en un café en el Alster.

Hay un animado intercambio de experiencias. Las historias más divertidas y los asuntos escandalosos salen a la luz aquí.

Este miércoles por la tarde tengo más libre para esta reunión. Allí conozco a mis colegas y también conozco algunas caras conocidas de mi escuela.

Cuanto mayor es la alegría.

Laura y Rosaline vinieron a Alemania conmigo al mismo tiempo. Aunque fuimos a la misma escuela, no son mis mejores amigos. Pero aquí en Hamburgo quiero cambiar eso. Así que no es casualidad que nos sentemos juntos en una mesa. Después de que el gerente de au pair haya completado sus trámites habituales, comienza la parte divertida de la reunión. Bebemos vino, nos reímos mucho e intercambiamos ideas.

Rosaline obviamente no lo hizo tan bien como yo. Los padres la dejan sola todo el tiempo con los tres niños bastante rudos de entre seis y trece años. Especialmente la mayor la pone nerviosa. Antes que nada, tenía que dejar en claro que no era su esclava. Rosaline aquí Rosaline allá, hagamos algo de comer, puedo verte desnuda, ir a bailar conmigo, puedo tocarte, estas son frases que ella tiene que escuchar todos los días.

Laura no lo tiene más fácil. El padre de los dos gemelos recién nacidos, a quienes ella debe cuidar, mantiene sus manos sobre ella. Él dice que su esposa ha estado demasiado gorda para él desde que nacieron los gemelos. Le gustaría tener algo joven en la cama. Con estas historias, mi extraña familia me parece realmente genial. Pero como anunció nuestro jefe de organización, casi todo se trata de sexo.

Cuando les cuento mis experiencias,

confirman que les encantaría compartir conmigo.

Laura: »¿Tienes pantimedias caras gratis? ¿No puedes traerme uno?«

Rosaline: »Tu familia incluso corría desnuda todo el día si no tuviera que cuidar a estos gemelos que gritaban. Pañales dobles, botella doble, gritos dobles, padres doblemente molestos y padre doble córneo.«

Yo: »¿Te toca, Rosaline?«

Rosaline: »Sí, todo el tiempo. Ya me he quejado con nuestro jefe sobre él. Ella tomará medidas.«

Laura: »Esto es tan descarado. ¿Pero qué haces cuando los padres ya no quieren retenerte?«

Rosaline: »No lo sé. Tal vez pueda quedarme con otra familia hasta que encuentre una nueva.«

Yo: »¿Debo preguntarle a mi familia? Todavía tenemos una habitación libre en el sótano. Entonces estaríamos juntos por un tiempo.«

Rosaline: »Eso sería genial. También usaría medias para el anfitrión sin dinero adicional. Pero por favor espere antes de saber qué va a pasar.«

Laura: »Yo también quiero mudarme contigo. El acoso sexual no puede ser peor que el adolescente descarado. Lo malo es que es muy irregular. Si tuviera al menos 18 años, lo encontraría aún mejor. Pero ser golpeado en una cuna por un niño es asqueroso. Ayer se presionó contra mí y sentí su polla rígida.«

Yo: »¡Ih! Eso es malo. Le abofetearía en la cara.«

Laura: »Pero no me atrevo. Él solo hace eso cuando está solo conmigo. Sus padres nunca sospecharían eso. A sus ojos, él es un chico modelo. Solo yo sé sobre sus sucias fantasías.«

Rosaline: »¿Ya le has dicho a nuestro jefe?«

Laura: »No, no sé si eso tiene sentido. Quiero quedarme aquí. Incluso pensé en dejar ir al niño.«

Yo: »¿Dejando? ¿Qué quieres decir con eso?«

Laura:«Bueno, para que él dé paz».

Rosaline: »¿Te acostarías con él?«

Laura: »Si es necesario, sí. Quizás también me libraré de él. Acaba de tener una boca grande.«

Yo: »Sí, eso no es una mala idea en absoluto. Tal vez lo abrumarás si cambias las cosas inesperadamente.«

Laura: »Exactamente. Realmente lo seduzco. Sandrine, ¿ni siquiera puedes invitarnos a tu casa? Tal vez tu anfitriona nos regale vestidos y pantimedias tan bonitos. Con eso realmente podría girar la cabeza del niño. Hasta ahora siempre he tratado de ser lo más sexy posible. Tal vez eso sea un error.«

Yo: »Claro, puedo sugerirle eso a Kathi. Podríamos tener una fiesta de pijamas. Casi creo que a ella le gustaría hacer eso. Ella es del tipo para eso. Pero entonces también tienes que ser realmente permisivo. Dejarte tocar y esas cosas.«

Rosaline: »Oh, sí, genial, no hay problema. Vestidos y pantimedias gratis, estoy ahí. Ella también me puede tocar. No importa a mí. Y si el propietario es tan dulce como usted dice, puede invitarme a tomar un postre.«

Laura: »Y yo también. Podemos hacer algo con él. Solo que no puedes, Sandrine.«

Nos reímos tan fuerte que todo el café nos mira a nuestro alrededor. Cuando lo notamos, al principio nos quedamos muy callados, pero luego tenemos que reírnos calladamente.

De alguna manera, eso es cierto de la reputación de la joven francesa: estamos más desinhibidos que todos los demás. El sexo no es algo especial para nosotros. Somos divertidos para todos.

Fiesta de pijamas

Como era de esperar, Kathi está encantada con mi propuesta de una fiesta de pijamas. Sin mencionarlo, ella sugiere que elijamos las medias y los vestidos de las niñas. Más como una fiesta de moda.

»Luego, todos nos desnudábamos, nos poníamos medias y nos mostramos vestidos. Eso sería genial, Sandrine.«

»Sí, Kathi. Rosaline y Laura estarían de acuerdo con eso si tú también les dieras las cosas.«

»¿Mi ropa o solo las medias?«

»Lo mejor sería ambos«, respondo, bastante exigente.

»¿Puede Lars mirar?«

»Puedo preguntarles a los dos. De mi si. O sí, definitivamente. Quiero decir que dijeron que no les importaba.«

Recuerdo a los dos diciendo que les gustaría comerlo. No quiero negarles esta posibilidad, solo pienso.

Una vez más, nosotros, Kathi y yo, estamos agitados por la idea de la fiesta de la moda bastante erótica. Me doy cuenta de que entre mis piernas y las mías también huele un cierto aroma en ella. El aroma que exudan las mujeres cuando no usan bragas y están excitadas hasta el límite. Poco a poco creo que mi madre anfitriona tiene un gen lésbico que me está transfiriendo lentamente.

Acordamos el próximo sábado por la noche.

Esa noche imagino por primera vez cómo sería tener sexo con una mujer.

En mis sueños veo a Lars haciendo un trío con Rosaline y Laura mientras lamo y lamo a Kathi por todo el cuerpo.

Juego con este pensamiento con mi mano en lo profundo de mi agujero de goteo y lamo cada dedo después de mi largo orgasmo.

Entonces me quedo dormido.

Los días pasan bastante rápido porque

la pequeña Nathalie sigue ocupándome. Una persona tan pequeña tiene mucha más energía de la que cabría esperar. Incluso si solo habla unas pocas palabras, ya sabe cómo dejar en claro lo que quiere.

Después de un día de limpieza y cuidado de niños, acaba de terminar. Es por eso que realmente anhelo la fiesta. Es bueno que los hagamos en casa y, por lo tanto, no necesitamos una niñera. Después de todo, ese es mi trabajo.

Hablé con mis amigos sobre si querían a Lars en la fiesta. Ambos encontraron la idea de tener un hombre con ellos muy emocionante.

Estoy bastante seguro de que lo volverán loco.

El tema también surgió durante una de mis charlas de desayuno con Kathi. Pero ella no tiene problemas con eso mientras duerma con él y con ninguno de nosotros. Pude calmarla, después de todo, ella siempre está allí.

Tener un hombre en una fiesta de pijamas es como una pizca extra de Tabasco en la sopa. Sin él, ella no será tan aguda.

Si Kathi no fuera su esposa, tendríamos que negociar quién lo atrapa. Aunque podría imaginarnos entre nosotras, chicas, que simplemente lo compartimos, al mismo tiempo.

Podría ser que Lars nunca olvidará esta noche.

*

Finalmente ha llegado el momento. Es sábado por la noche y llevo a la linda niña de dos años a su cama.

Durante todo el día, Lars caminó por la casa con agitación y nerviosismo. Si de otra manera le hubiera gustado sentarse en un rincón en un sillón para verme en mi vestido corto en el trabajo, su única preocupación hoy era qué pijama usar. Kathi también interfirió una y otra vez. Definitivamente debería ponerse calzoncillos ajustados para que las chicas no se sientan demasiado intimidadas por su erección permanente. Lars insistió en no ponerse sus calzoncillos porque eso lo restringiría. Tendría dolor si tuviera que encerrar un pene duro como este.

Las discusiones me parecieron increíblemente entretenidas.

Cuando interferí para indicar que podría no estar emocionado en absoluto, nos dimos cuenta de que él mismo tenía que saber cómo quería que fuera. Nunca he tenido una conversación así. Creo que no se pondrá los calzoncillos. Estoy muy emocionado por lo que va a pasar.

Son las 9:00 pm y suena el timbre. Son Rosaline y Laura. No se vistieron demasiado para que Kathi y Lars pudieran ver que los dos necesitan urgentemente cosas bonitas. Ni siquiera usan vestidos, solo están, como de costumbre, en jeans y camisetas. Sin embargo, dejaron fuera los sostenes. Y puedes ver por sus pezones que también están muy emocionados.

Cuando le dan la mano a Lars, puedes ver claramente que piensan que es genial.

»Hola, hermosas mujeres. Entra. Espero que no lleves pijama contigo«, los saluda con una sonrisa.

»No, pensé que íbamos a tener una fiesta de moda«, dijo Rosaline rápidamente.

»Necesitamos urgentemente bonitos vestidos y pantimedias«, agrega Laura.

Sus ojos brillan de alegría: »Chicas, si son queridas, las bañaré con medias y vestidos«.

Probablemente fue demasiado bueno. Kathi interviene: »Lars, por favor espera. Esta es mi fiesta y solo puedes mirar. ¡Solo mira, no toques!«, dice en un tono más severo, sacando su mano del trasero de Rosaline.

Reimos.

Entonces Kathi nos lleva a su habitación. Todas las chicas nos sentamos inmediatamente en la gran cama doble. Lars en una silla en la esquina de la habitación.

Luego, Kathi toma la palabra: »Entonces, chicas, sugiero la siguiente secuencia: voy al vestuario con cada una de ustedes una tras otra. Allí elegimos medias y vestidos juntos, que luego presentamos a los demás. Lars es el juez y puede decidir qué atuendo es el más hermoso. Lars, también tienes que anotar los atuendos y los puntos«.

Lars está encantado: »Buena idea, cariño. ¿Puedo dar a los ganadores cien euros?«

Las chicas comenzamos a animar: »Oh, sí, eso es genial«.

Lars sale de la habitación para traer un rotafolio y una bandeja con copas de champaña una tras otra. Ya puedes ver claramente su pene sobresaliendo por debajo de los pantalones de seda. Es bastante grande. Las chicas se miran con los ojos muy abiertos. Kathi no se da cuenta. Ella ya está en el vestidor y ordena la ropa.

Mientras ella está ocupada allí, nos desnudamos.

Lars se sienta en el sillón con la boca

abierta y el imponente pene rígido y no emite ningún sonido. Creo que no quiere que Kathi entre e interrumpa la cosa. Rosaline obviamente está apuntando a él porque le pide que se quite las bragas. Cuando Lars lo jala suavemente sobre sus muslos, toca su estómago con la boca. Como estoy parado justo al lado, veo que a Rosaline se le pone la piel de gallina. Ella es una rubia muy delgada y afeitada en todas partes del cuerpo. Lars no puede controlarse y pone su mano sobre su trasero. Está a punto de meterle la lengua al ombligo cuando Kathi llama: »Sandrine, ¿vamos a empezar?«

Respondo rápidamente: »Sí, me encantaría venir.«

Me quito rápidamente las bragas y salto al vestuario. Para que Kathi no sepa qué está pasando con Lars, cierro la puerta detrás de mí.

»Oh, Sandrine, ya estás desnuda. Y estás afeitado. Se ve muy bien.« Lo dice con tanta lujuria que sospecho que le gustaría tocarme allí enseguida. Solo pregunto: »¿Le gustaría comprobar si esto es lo suficientemente suave?«

Ella solo asiente, se acerca mucho a mí y toca mis labios. Una explosión de fluido excitado fluye hacia mi abdomen. Es raro para mí sentirlo tan claramente. Ahora, estar sola con Kathi, estar desnuda frente a ella y ser tocada por ella en los labios me vuelve casi loca. Olvidé por completo que estaba interesado en saber lo que les estaba sucediendo a Lars y Rosaline afuera.

»Bien, Sandrine, lo afeitaste muy bien«.

»Gracias, Kathi. Pero eso también es muy bueno lo que estás haciendo allí.«

»Sí, ¿te gusta cuando te acaricio el coño?«

»Muy.« La beso en la boca mientras continúa acariciándome allí.

Pero de repente se detiene y pregunta: »¿Qué está haciendo Lars con las chicas de afuera?«

»No sé, creo que nos están esperando«.

»Está bien, vamos a elegir algo para ti«,

dice ella, como si nada hubiera pasado entre nosotros.

Ella me da medias negras delgadas. Me los pongo. Mientras hago esto, ella se quita la ropa y se pone unas pantimedias brillantes del color de la piel sobre las piernas.

»¿Y? ¿Qué vestido me pongo?«

»Sin vestido«, responde brevemente, «Creo que solo deberíamos mostrar pantimedias«.

Me sorprendió algo: »¿No es demasiado para Lars?«

»No, tiene que contenerse de cualquier manera. No importa si nos ve desnudos de otra manera.«

»Todo bien. Tengo curiosidad por ver cómo reaccionará«.

En el dormitorio

Luego abrimos la puerta de la habitación. Los pensamientos más salvajes se me pasan por la cabeza en una fracción de segundo.

¿Qué le habrán hecho mis amigos a Lars mientras estaba en el armario con Kathi?

¿Quizás están todos desnudos en la cama y Lars penetra a uno de los dos con su miembro rígido?

¿Quizás ambos se arrodillan ante él y le lamen la polla?

¿O tal vez ya ha vertido todo su jugo sobre los dos?

Y si es así, ¿cómo reaccionará Kathi?

Ya me preocupa un poco que nuestra fiesta pueda terminar más rápido de lo que quiero.

Me detengo por un momento antes de abrir la puerta y beso a Kathi en la mejilla. Como si quisiera decir: »Cariño, no importa lo que veas ahora, deja que suceda.«

Porque estoy tan emocionado que me gustaría seguir celebrando esta fiesta con todas las chicas y un emocionado Lars.

No me importaría si Kathi permitiera que su esposo entrara en acción con su polla. Creo que a todas las chicas les gustaría sentir su polo duro por dentro.

Simplemente no sé si Kathi quiere eso.

Que demonios.

Con un tirón abro la puerta y entramos.

Sin embargo, lo que vemos es completamente espectacular: Lars está sentado en su sillón, completamente vestido. Las chicas se sientan a dos metros de él, pero completamente desnudas. Pero luego viene la sorpresa: obviamente, Kathi también esperaba escenas completamente diferentes.

Ella pregunta al grupo con asombro: »¿Y todavía no se han enamorado? Lars, eres más reservado de lo que pensaba. No tienes que ser tan mojigato. Ni siquiera tienes tus manos sobre las chicas.«

Reimos. »¡Exactamente!« Rosaline llama, »Podrías haberme masajeado un poco mientras los dos estaban solos en el armario, Lars.«

Reimos.

Con una sonrisa, Lars se encoge de hombros: »¿Cómo se supone que debo saber que a Kathi no le importa si te toco? Si hubiera sabido eso, mis dedos estarían húmedos ahora.«

No podemos salir de la risa. Es una atmósfera increíblemente relajada ahora que sabemos sobre la actitud relajada de Kathi. Nunca esperé que nos pudiera tocar.

Laura pregunta de repente: ¿Kathi? Tengo una sugerencia, pero por favor no te enfades.

»¿Qué?«

»Lars es nuestro juez. Si no podemos pedirle que se quite los pantalones, podemos ver de inmediato quién es el mejor.«

La propuesta es un rugido absoluto. Incluso deja de hablar con Kathi. Ella se echa a reír como todos los demás.

Rosaline agrega:«Un marcador, cuanto más alto sea, más bonita será la niña«.

»¡Espera, espera, espera!« La amante de repente llama en voz alta. »¡Eso no servirá!«

Todos de repente se callan y se miran.

Creo que la fiesta ya terminó. Fue demasiado para ella.

Pero luego continúa: »Tienes que prometerme que no tocarás su pene. Porque eso sería malo. Solo puede sentarse allí sin pantalones y sin que nosotros o él toquemos su pene. De lo contrario, no puedo ver quién es el mejor.

Impresionante esta declaración. Nuevamente rodamos sobre la cama riendo.

»¡Espera un minuto!«, Interviene Lars sorprendentemente. Pensé que era lo mejor que podía imaginar.

»No me preguntaste si quería eso en absoluto. No soy tu objeto sexual.« Esta oración no nos da ningún entendimiento en absoluto y Laura simplemente va hacia él, le dice secamente: »Ahora no seas tan malo« y al mismo tiempo simplemente tira de sus pantalones por encima de él, pene hinchado

Él comienza a reír: »No había terminado con la oración. Pero definitivamente quiero una cosa. No puedes dejarme aquí con mi erección. El ganador tiene que satisfacerme con su boca. ¿Estás de acuerdo, Kathi?«

Kathi piensa en unos segundos que me parecen una eternidad.

Pero entonces ella asiente.

Ahora todo está claro.

En realidad, ya no hay límites para nuestra fiesta. No creo que ella tenga nada en contra de eso ahora, incluso si Lars se folla a todas las chicas.

De alguna manera, siento que está más interesada en tener sexo conmigo y que le gusta que Lars se distraiga.

Ella me atrae hacia ella, se arrodilla frente a mí y comienza a acariciarme las piernas.

Ella le dice a Lars: »Mira estas piernas,

Lars. ¿No son hermosos? Ella acaricia mis pies, muy por encima de mis rodillas y hasta mis muslos. Puedo ver lo electrificada que está Lars viendo esta escena. Su polla es tan alta que no puedo imaginarlo más alto. Él respira pesadamente. Entonces Kathi me agarra entre mis piernas. »Aquí Lars, ¿no se afeitó bien su coño para nosotros?« Ella empuja un dedo a través de las medias entre mis labios. Temblo de emoción y disfruto sus tiernos dedos en mis piernas y entre ellas, mientras miro la polla rígida y orgullosa de su marido. Rosaline y Laura también tienen los dedos entre las piernas y se frotan el clítoris mientras nos miran.

Lars libera la tensión y pregunta: »¿Qué pasa con las otras chicas? Aún no tienes medias puestas. Kathi y los dos van al vestuario y dejan a Sandrine aquí.«

Kathi lo mira un poco escéptica, como si no confiara en él. Pero luego sonríe a las chicas y les pide que la sigan a la pequeña habitación.

No sé lo que está pasando allí. Pero sé lo que está haciendo Lars. Todavía estoy inmóvil en el mismo lugar. Lars, sin embargo, se levanta y viene hacia mí.

Susurra: vNo debes tocar mi pene. Pero mi pene puede tocarte. Entonces él me levanta extendiendo mis piernas y me pone sobre su polla. Presiona las medias profundamente en mi coño. Me aferro a su cuello y él comienza a levantarme de arriba abajo. Una y otra vez se fijó con mi abdomen contra su polla. Me encanta. Intento no gemir tan fuerte. Pero no tengo éxito. Su miembro presiona cada vez más profundo a través del nylon suave y muy elástico en mi agujero caliente.

Mis gemidos se hacen cada vez más fuertes para que las tres mujeres de al lado puedan escucharlo con seguridad. Todavía puedo ver la puerta abriéndose y quiero terminar mi viaje rápidamente antes de que Kathi la vea, pero luego vengo y olvido todo lo que me rodea. Mientras tengo la polla de Lars dentro de mí y experimento mi orgasmo en sus brazos, su esposa y mis amigos me ven hacerlo.

Tienen la boca abierta.

Obviamente la vista los excita tanto como a mí.

Rosaline y Laura también tienen medias puestas y veo manchas oscuras húmedas entre sus piernas. O bien juguetearon con Kathi en la pequeña habitación o también anhelaron dejar que Lars lo penetrara.

La reacción de Kathi es genial: se acerca mucho a nosotros y le acaricia el pene y las nalgas, que todavía están apretadas. Luego susurra: »Haz un agujero en tus pantimedias y recuéstate en la cama. Es más conveniente.«

Lars me levanta sobre la cama, hace un agujero en mis pantimedias y me penetra por completo con su miembro.

En ese momento tengo un orgasmo y Lars descarga su esperma dentro de mí. Kathi acaricia sus testículos y me lame el trasero.

Las chicas gritan: »Lars, por favor, ahora

es mi turno«. Ambos rasgan sus medias y también se acuestan en la cama con las piernas separadas.

Me siento y empiezo a acariciar las piernas de Kathi. Nos besamos en la boca. Mientras jugamos con nuestra lengua, vemos a Lars metiéndose el pene en Rosaline. Agarro mi coño, me meto los dedos y me lo pongo en la nariz. Quiero oler el esperma. Luego la sostengo frente a la boca de Kathi. Ella lo lame.

Luego nos besamos de nuevo.

Nunca he visto algo tan cachondo.

Empiezo a lamerla entre mis piernas. Su jugo ya está profundamente en la malla de sus pantimedias, para que pueda saborear su lujuria desde el exterior. Acaricio su trasero mientras presiono mi lengua más profundamente entre sus labios. Kathi respira cada vez más y ya no puede controlarse. La parte superior de su cuerpo se contrae, sus pezones se elevan y un chorro de su fluido vaginal fluye hacia mi boca. Es el primer orgasmo que experimento en una mujer. Excepto el mío, por supuesto.

Miro a Rosaline: ella grita su orgasmo.

Ahora solo falta Laura. Cuando ve que su colega ha terminado, cambia rápidamente de posición. Mientras tanto, Rosaline se acuesta con nosotros y también comienza a acariciar a Kathi.

Laura presiona su abdomen con fuerza sobre la polla aún dura y llega después de unos minutos con gritos salvajes y fuertes.

Cuando se sienta de Lars, vemos su polla brotar de nuevo. Eyacula en un arco alto sobre la cama y nuestras pantimedias.

Todos yacemos exhaustos en la cama y nos acariciamos. Lars todavía tiene problemas y de repente pregunta en silencio: »¿Sabes cuál de ustedes ganó?«

»No«, respondemos casi simultáneamente.

»La mejor esposa del mundo.« Luego besa a Kathi en la boca.

Y ella cumple con su promesa y comienza a soplarle la polla. Los tres están

mirando atentamente y ambos están aca-
riciando.

Nunca pensé que un hombre pudiera
tener orgasmos tan rápido seguidos.

Solo toma unos minutos hasta que él
vuelva a extender su jugo en su boca y en
su rostro. No puedo contenerme y lamer
su esperma de sus mejillas.

Rosaline y Laura me dan masajes en las
nalgas y en el coño. En ese momento,
con el sabor del esperma en mi lengua,
tengo otro gran orgasmo.

*

A la mañana siguiente me despierto en
mi cama con Rosaline y Laura. Todavía
tenemos las medias puestas.

No sabemos qué pasó anoche, solo que
Lars llegó de repente con pequeños vasos
y comenzamos a beber un dulce licor rojo.

Una mirada al reloj revela que nos des-
pertamos completamente tarde. Son las
2:00 pm. Nos vestimos rápidamente y

bajamos a la cocina.

Kathi y Lars se sientan allí con su hija y almuerzan.

Algo muy especial sucede: ninguno de nosotros habla de lo que sucedió.

Aunque la pequeña Natalie definitivamente no entendería nada, mis amigos se despiden como si solo me estuvieran visitando. Los dos cónyuges tampoco muestran nada.

Sin sonrisa astuta, sin contacto oculto, sin intimidad. De alguna manera extraño, pero también maravillosamente no vinculante.

Tengo curiosidad si mi tiempo aquí y cómo experimentará un cambio debido a este evento erótico. En realidad, esperaría dormir con Lars o Kathi con más frecuencia. Pero no lo parece en este momento. Tal vez esto fue solo una experiencia única en la vida.

Voy a descubrir eso.

VALERIE NILON

LA CHICA DE ESCOLTA DE NYLON

NOVELA ERÓTICA

Laura
Ballet
Pantyhose
Lap Dance
Hot Sex

Laura Ballet
Uncut Recordings

You Are My Sugar Daddy
In My Bedroom

Laura
Ballet
Uncut Recordings

You Are My
Sugar Daddy
In My
Mobile

Laura Ballet
The Voice Escort Girl
1
Laura Ballet
The Voice Escort Girl
2
Laura Ballet
Pantyhose Lap Dance Blowjob

JULIA
LIEBESMUND

DO WITH
ME, WHAT
YOU WANT
1

EROTIC DIALOGUE
WITH A MAN

SANDRINE
JOPAIRE

SEDUCED
BY TWO
WOMEN

THE EROTIC ADVENTURE
OF A MAN

SANDRINE
JOPAIRE

SEX WITH
TWO
WOMEN

A WAY OF
EROTIC PLEASURE

VALERIE
NILON

THE
FAIR
HOSTESS

EROTIC NOVEL

VALERIE
NILON

PANTY-
HOSES
1

VALERIE
NILON

THE
HOUSEWIFE
1

EROTIC NOVEL

Printed in Great Britain
by Amazon

40430315R00050